句集

カフカの城

川嶋悦子

がんばれ！　悦ちゃん
――序に代えて――

山崎　聰

『カフカの城』の著者川嶋悦子さんとのつき合いも、かれこれ二十年になる。平成十年十月に私が千葉県社会保険センターの俳句講師になって、初めて教室を訪れたときには、既に彼女はその講座の中心的存在であった。翌年彼女は響焰に入会、最初の出句は平成十一年七月号だったと記憶している。この句集のはじめの方にある

　春光や練って伸ばして鼈甲飴

はそのときの句である。この句をはじめて見たとき、思わずふうんと唸った。たしかに鼈甲飴は練って伸ばして作る。だがこんなことを生真面目に俳句にした人は多分いまい。縁日か何かで見た景だと思うが、その一部始終を丹念に見届けてていねいに詠う。その誠実で律儀な俳句姿勢にいたく感心し、この作者はきっと大成すると思った。

二十年の歳月は重い。その間彼女は着実に成長していった。几帳面で明るい性格は周囲の誰からも信頼された。平成十四年には同人に推薦され、その後平成二十一年には響焰最高のコンクール賞である響焰賞に輝いた。さらに同二十三年、朱焰集作家に推され、名実ともに響焰の看板作家となった。

〝鼈甲飴〟の句でもわかるように、川嶋悦子さんは、基本的にはリアリズム作家である。日常で見たもの、触れたものから題材を得て、それをしっかりと一句にするという俳句姿勢は一貫して変っていない。ただ普通一般のリアリズム作家と違うのは、文芸、芸術というものの本質を十分に理解している、ということである。つまり表現とは何かということの基本が身についている、ということである。描写と表現は違うということを、彼女はその豊富な読書から学びとったのではないかと思う。読書だけでなく、絵画や音楽、演劇など他の芸術に触れることで、あのキラキラした独特の俳句世界を獲得したのではないかと思う。

黄落の街チェーホフの「かもめ」観て

キャパ展を出てより無口さくら葉に

ベトナム戦争を取材中に消息を絶った写真家のロバート・キャパ展。ロシアの作家アントン・チェーホフの代表的な戯曲「かもめ」、こういった初期の句からも、彼女の芸術的関心の一端が窺える。

アメイジンググレイス鰯雲茜
銀杏散るベンチにペイネの恋人たち
サガン読む鏡の中に薔薇崩れ
大寒やツルゲーネフという背文字
ピカソ展観て大皿の肉料理
秋深しディートリッヒの頬の翳
チェーホフの一羽となりて秋の風
アラビアンナイトの絵本冬三日月
常盤木落葉美術館奥にピエタ
梅雨籠りドーバーの黒い火打石
再会は天上のバオバブの蔭

ウェルテルも阿修羅も若く夏の雨
雷一閃ある夜のアガサクリスティ
バッファローもっそりと冬のかたまり
夏終るダミアの「暗い日曜日」
霧流れベーカー街のごと渋谷
シャガールの蒼いにわとり初明り
夏来るサラダにエーゲ海の塩
黴の棚もっとも奥にボードレール
日短かビュッフェの街の風の中
養花天ヨセフのような老大工

煩をいとわず抄出したのは、彼女の俳句の特徴が一目瞭然、直ちにわかるからである。この知的関心の広さ、深さには舌を巻く。普通これだけ片仮名語が続くといささか嫌みになるところだが、そういう印象がすこしもないのは、単なる取り合わせに終っていず、知識、教養がしっかりと彼女自身の中に取り込まれて血肉になっているからであろう。

情報が知識になり、知識がさらに教養になる。これが人間の知的深化のプロセスである。そしてそういう知識や教養を突き抜けた先に俳句がある、と私は思っているが、川嶋悦子さんの俳句は、まさに知識や教養を突き抜けた先の、まぎれもなく本物の詩なのである。

川嶋悦子さんは大阪生れの大阪育ち、つまり生粋の大阪っ子である。集中たとえば

宇治橋のまんなかで消え秋の蝶
春みぞれ島原角屋の軒に猫
八坂までひらひら歩き花の宵
青しぐれ路地を灯して先斗町
花の窓正面に太閤の城
降り立ちて大阪弁の溽暑かな

といった句は、上方の匂い芬々で、如何にも彼女らしい。（余計なことだが、彼女は今以て大阪弁が抜け切れない。）

こうしてみると川嶋悦子さんの俳句は、句会などで短時間に瞥見しただけではその良さが十分に伝わらず、一句一句ていねいに読むことではじめて内包する彼女の詩の世界が理解できる、そんな俳句なのかも知れない。

黄落の街ＯＬと呼ばれしころ

という句もあるように、川嶋悦子さんは、独身時代大手銀行に勤務していたと聞いたことがある。大阪のどまんなかでのＯＬ生活、彼女のあのお洒落でキラキラした感覚は、あるいはそのころに培われたものだろうか。

さみどりのプリズムをもて五月来ぬ
映画のように黄落のカフェテラス
恋のようなめまい落花に包まれて
星迎え雫のようなピアスして
パンとお菓子とフランスの赤い薔薇
逃げ水の先金色のキャデラック

恋人と詩人のための枯葉のベンチ

こんなお洒落な輝くような俳句を作る川嶋悦子という女性は、天性の言葉の魔術師、いや根っからのロマンティストなのだろう。

このへんで句集名になった「カフカの城」に触れておきたい。「カフカの城」は、川嶋悦子さんが平成二十一年に響焔賞を受賞した作品に付けたタイトルで、中の一句

冬の霧カフカの城へ行く道か

からとっていて、もちろん今回の句集にも収められている。プラハ生れのユダヤ人フランツ・カフカは実存主義文学の先駆者とされ、人間の不条理性と自己疎外を鋭く描き、第二次大戦後の文学に大きな影響を与えた。その未完の小説『城』は『変身』『審判』などとともに彼の代表作である。私も学生時代読んだ記憶があるが、たしかある技術者が城に呼ばれたが、いつまでたっても城に入ることができずにさ迷う様子を描いた小説だったように思う。カフカの死後に発表されたのだが、翻訳のせいかひどく難解だった印象がある。川嶋さんはこんな小説まで読んでいるのか、と改めて驚

いた。

最後にこれまで挙げた句のほかに注目句をいくつか挙げておく。

秋の陽のうわずみを哀しみという
塀の上に空缶置かれ日の盛り
沈丁花猫跳んで闇匂いけり
藍甕の泡立っている花の昼
梅雨深く兎は絵本に戻りけり
ぶかぶかの靴履いている寒さかな
秋の昼担がれていく大きな影
鰯雲荷を持ちかえてまた歩く
秋彼岸束ねて軽きものばかり
芒原鰭も翼も持たず入る
絵本から出て子供の日の満月
秋高し地球からんころんと回る

春一人ことりことりと万華鏡

こう並べてみるとどの句も実にわかりやすい。それは十分に単純化がなされていることに加えて、季語が生き生きと働いているから。彼女はまさに季語使いの名手でもあったのだ。

川嶋悦子さんは、現在は普通の主婦である。私は俳句は決して特別な人のものではなく、庶民の詩、つまり普通の人が普通の生活の中で、地道に言葉を紡ぎ、感性を磨きながら、一句一句作り出すものだと思っている。だから川嶋さんのように、自分の生活を大事にしながら生きている人こそ、俳句に向いていると思っている。

悦ちゃんに戻る林檎を齧りいて

たしか九月二十四日が誕生日と聞いている。この句のように、いつまでも〝われらの悦ちゃん〟として俳句を作り続けて欲しいと願っている。

平成二十九年九月　あらしの夜に

目次

装幀・安曇青佳

句集　カフカの城

太い尻尾

平成八年〜十三年

駅前の放置自転車寒昴

くちなしや真白きものの朽ち易く

水仙の芽の出揃いて保育園

武家屋敷の土間に大甕昼ちちろ

ワインの栓抜けば小さき春の音

電柱の少し傾き寒北斗

春光や練って伸ばして鼈甲飴

暗く太く吹雪の果ての最上川

さみどりのプリズムをもて五月来ぬ

眼底検査一瞬白い真夏の空

古備前に炎の翳り夜の秋

秋澄む日青いビー玉陽にかざす

黄落の街チェーホフの「かもめ」観て

公園のベンチ聖書と冬帽子

冬銀河わたしの座標が見つからぬ

冬瓜煮て母との時間すき透る

初日の出折鶴の影鋭角に

アメイジンググレイス鰯雲茜

空いっぱい星が煌めき鬼やらい

本堂の扉全開梅日和

キャパ展を出てより無口さくら葉に

触角を広げて歩き木の芽風

五月来る青い尾が生え少女たち

春夕べミニチュアドールハウスに灯

折々の出合いと別れ時計草

夏の夜の皆既月蝕さかな跳ね

幸せの見えかくれして枇杷黄色

透明になるまで歩き秋立つ日

海へ向く道沸点の夾竹桃

祭り果て風の広場の砂ぼこり

あやふやに一日過しかりんの実

銀木犀肴町から寺町へ

秋高しガラスの箱に棲むように

北山時雨こまごま美しいものを買う

聖樹灯り雨の鋪道を恋人ら

鰯雲城趾すっぽり森の中

映画のように黄落のカフェテラス
東京に大雪浮世絵展を観る
列島の地図のまんなか地虫出る

雛の日の買物優しい彩ばかり
春の月旅の余韻の京ことば
恋のようなめまい落花に包まれて

鳩の群のまんなかに吾子聖五月

大銀杏最後に芽吹き父のこと

しなやかなめざめ五月の雨が降り

たそがれは潮満ちるごと沙羅の花
街の灯のさざめきに居て星祭
片かげり太い尻尾がはみ出して

フィナーレはいつも乱れて花火の夜
著莪の花いちにち水のように過ぎ
もう迷わない青空のハイビスカス

島原角屋

平成十四年〜十六年

黄落に眠る琥珀になるために
鳥渡る笑いころげしあとの黙
秋の風らくだの膝のすわりだこ

集まってみんな暖か羊雲

椎の実拾う馬頭観音奥の院

銀杏散るベンチにペイネの恋人たち

秋の空すとんと神様落ちてくる

たおやかにしたたかに雨のコスモス

この坂にいちばんきれいな寒青空

「烏骨鶏の卵あります」梅の花
花菜風グリコのおまけのような貨車
ひとりが笑いみんなが笑う桃の花

サガン読む鏡の中に薔薇崩れ

南大門ギイと閉められ花卯木

夏の雨いまもピチピチチャプチャプと

大寒やツルゲーネフという背文字

陽溜りを居場所と決めて冬すみれ

四角にも丸にもなれず寒卵

幸せは壊れ易くて花柊

冬ざれや駱駝頑固な歯を剝いて

大寒や正確に鳴る壁時計

青空と金木犀の誕生日

星迎え雫のようなピアスして

あきる野市草花バス停秋日傘

草の実飛ぶ小さきもののこころざし

宇治橋のまんなかで消え秋の蝶

どこか凹んで八月の青い空

かなかなや湖底のごとく京の町

森の樹の花うすみどり聖母月

雁渡る地図にロシアのうすむらさき

えごの青い実揺れながら考える

蟬の声だんだんに濃く青梅線

星月夜神話こんがらがっていて

ちちろ鳴く水を使えば安らいで

蘗の赤い実つぶやきは確信へ

秋夕焼哲学的に犬座る

パンとお菓子とフランスの赤い薔薇

水平線の弧の中にいて小六月

大胆に雀来ており一茶の忌

ときめきは埋れ火となり窓に雨

冬の暮光の方へ人歩き

整然と全集背表紙松の内

人を待ち雑踏渋谷冬の雨
ものの芽が光り青空むずむずと
約束やシールのように冬三日月

メタセコイアの正しいかたち冬青空

雪の給油所ラストシーンのように

ポピー咲く長い思案と決断と

春みぞれ島原角屋の軒に猫

梅白し寺を囲んで十戸ほど

真っ白に舟塗っており風光る

ヨーグルトに蜜したたらす春の昼

溶けそうな赤子を抱いて蝶の昼

鬱の字の中もぞもぞと桜どき

ポポポポとおもちゃの機関車ひめじょおん

空港の朝粥セット青時雨

ところどころ昏く人棲み青田原

どしゃ降りのあとの青空花ユッカ
森の沼とろりと眠り栗の花
銀河の夜パン密やかに醱酵す

笑ったり言い合ったりし郁子熟れる

こころざしいつかあやふや風花す

夜の秋うろこの薄い魚煮て

飼育箱に影もぞもぞと夏休み

白南風や大き弓持ち女学生

ゼブラゾーンで影をなくしぬ日の盛り

秋霖や翳すれ違う歩道橋

暮の秋小さい木には小さい鳥

ときめきも傷みも遠く小春かな

恋のドラマ静かに終り冬の星

象の檻の隣にきりん冬たんぽぽ

洋館の鎧戸朽ちて花ミモザ

八坂までひらひら歩き花の宵
花月夜小さく振って鈴を買う
目を閉じて天平女人花吹雪

夏の潮豆のスープと鳩料理

柿若葉砂漠歩きし靴洗う

ピカソ展観て大皿の肉料理

青しぐれ路地を灯して先斗町
いわたばこ奥に岩波茂雄の墓
アカシアの花静寂はうすみどり

しなやかな挨拶返る花火の夜

祭の灯ゆらめいている川向う

青北風や井戸の残りし生家跡

夕暮の風のかたちに椋鳥渡る

秋深しディートリッヒの頬の翳

たっぷりと火と水使い秋彼岸

夜の雷

平成十七年〜十九年

夜半の秋サガンとビターチョコレート

台風過ぎ赤い小さな郵便車

月天心水琴窟の底に居て

冬枯れの真ん中赤いすべり台

月天心ターミナルから終電車

鮟鱇の七つ道具の一つ買う

秋高くバッグに鬼平犯科帳

秋の陽のうわずみを哀しみという

テーブルの榠樝影濃く父と母

夜の雷ゆらりと貝が砂を吐く

いちにちの思案のかたち寒卵

春の星母亡きあとは姉が居て

吊橋を渡りおぼろになっている
芽柳の川面に届き町家の灯
桜どき耳と尻尾がむずかゆく

手を繋ぎあにあねおとうと花明り

花屑と潮の匂いの歩道橋

老犬に長い一日えごの花

草いきれ風車小屋まで一列に

燦々と砲台跡の姫女苑

沼の面の光に溶けて梅雨の蝶

青簾ぽつりと父の煙草の火

琉球のグラスに気泡夜の秋

いちにちの淋しいかたち青かりん

大盛りの激辛ラーメン終戦忌

川向うの南座点り夜の秋

チェーホフの一羽となりて秋の風

合わせ鏡のどれもわたくし夜半の秋

イラストのような青空冬かもめ

花ポピー崩壊すでに始まって

虫の夜灯のあるところ人が居て
被爆船展示館から白日傘
ことば見つかるまで青く樹の榠樝

くすくすと笑いひろがりクロッカス

アラビアンナイトの絵本冬三日月

吊橋の下たそがれて一位の実

花屋で逢い本屋で別れ秋の昼
あいまいにかつ確実に冬に入る
読みさしの藤沢周平白侘助

喪正月ふわりと母が居たまいぬ

人形の遠いまなざし雪の夜

海はまだ深き紫紺に藪椿

稲荷鮨の三角の耳木の芽風

三月ややもやもやと和紙切っており

春北風転がっているマトリョーシカ

この先は大空と海藪椿
ささやきはさざめきとなりえごの花
花水木団地の小さな郵便局

黒南風やいちばん孤独なのっぽ椰子

エリザベス女王の金貨と紅い薔薇

ポップコーンと赤い風船巴里祭

玫瑰の花空よりも海昏し
暗がりに尾びれや背びれ盆踊り
熱帯夜眠ればうろこ生えてくる

塀の上に空缶置かれ日の盛り

ていねいに爪切っている文化の日

魴鮄の頑固な顎を煮ておりぬ

銀座夕暮ていねいに蟹を食べ

十二色のサクラクレパス芽吹山

沈丁花猫跳んで闇匂いけり

常盤木落葉美術館奥にピエタ

きしきしと紫の母十三夜

ところどころに冬のかたまり屋敷林

意地っ張り納豆ぐるぐる掻き混ぜて

湯を沸すことからはじめ大旦

きさらぎや風に五色の絹の糸

春満月別れるまでをさざめいて
ボタン一つ緩びておりぬ花の頃
藍甕の泡立っている花の昼

国道の長い信号春疾風

集まってわたしも赫く桜蕊

青時雨暗渠に入る神田川

海の記念日よく食べてよく眠る

青葉潮島にあまたの歌碑と句碑

蔓薔薇のひときわ紅く詩人の家

梅雨深く兎は絵本に戻りけり

梅雨籠りドーバーの黒い火打石

驟雨来るユトリロの絵にコニャック瓶

水無月やゆらゆら青く恋人ら
夏終る三角広場に風吹いて
秋彼岸いちにち風を見ておりぬ

カフカの城

平成二十年〜二十二年

くっきりと日蔭と日なた秋彼岸

しろじろと喜八遺句集十三夜

八月のいちばん暑い日の鴉

原っぱはいつも風吹き姫女苑

ふっくらと遠い風景冬の夜

ほんのりと老後が透けて煮大根

冬の金魚街の雑踏から戻り

枯野原男の子来てすぐ帰る

始祖鳥のごとき眸をして大マスク

羊羹の深い切口寒土用

風光る手紙に青い鳥の切手

鳩居堂の小さな包み木の芽風

さくら冷え臓器のごとくホルンの管

青空の奈落へ消えて揚げ雲雀

ここからは登坂車線花木五倍子

初夏のするりと終る砂時計
ががんぼを捕えさびしき掌となりぬ
子の誕生日薔薇が咲き鳩が来て

太りゆく紫陽花の毬あかんぼう

こぼれやすくて六月の白い花

サーカスの三角テント夏の月

アガパンサスいつもどこかで水の音

大西日二足歩行の寂しさに

月光とニンフとからす瓜の花

秋の昼首まっすぐに盲導犬

月天心古都の屋並の軒低く

寒に入る夜間飛行の灯が一途

冬日射す幸福の木に地味な花

ぶかぶかの靴履いている寒さかな

にんげんに淋しい手足西日中

漠然たる不安大根煮ておりぬ

冬の霧カフカの城へ行く道か

冬の雨渋谷路地裏ジャズこぼれ

風強まりぬ榠樝の実捥ぎしあと

ジグソーパズル散らばっている十二月

如来像の正しき姿勢冬ざるる

灯台一閃寒の闇十五秒

ビーカーにくらげが光る寒さかな

風花や耀の終りし魚市場

陽炎のもう呼び戻せない背中

金泥の長尺絵巻つちふる日

春暑し犇めきて人争いぬ

炎天下三百六十度原野

熱砂茫々ファラオは正座のまま崩れ

風色の少女のブラウス巴里祭

梅雨の月そろそろ鵺の来るころか

エンゼルストランペット男の子生る

逃げ水の先金色のキャデラック

秋立つや揺れるものみな懐かしく

サーカスの大テント跡草の花

秋の昼担がれていく大きな影

鰯雲荷を持ちかえてまた歩く

葛の雨土《と》気《け》往還のむじな径

月光に濡れて榠樝の実が太る

人を待ちとろりと冬の神田川
ひりひりと傷シリウスが冷たくて
人が病み陽は燦々と蜜柑山

冬銀河いのちの終るとき赤く

人日やいちばん淋しい星に棲み

詩人でも善人でもなくびわの花

影どれもふわりと軽く小春の日

啓蟄の一匹として風の中

再会は天上のバオバブの蔭

佐渡へ一つ羽黒へ一つ星流る

青榠樝ごんごん太り反抗期

黄昏はおろおろ歩きやまぼうし

信念というほどでなく烏瓜
夕暮はやさしい歌を落葉道
秋の風洪鐘揺らぐほどでなく

寒落暉この世最後の日でもなく
椅子の一つは雪女に空けておく
春の土言葉ふつふつ沸き出でて

モナリザのポーズでゴリラ花の昼

青嵐すらりと魚に戻らんか

ウェルテルも阿修羅も若く夏の雨

人を恋うこともなく過ぎ星祭る
日の盛りよろめいて影失いぬ
かすかな不信真昼間の黒揚羽

冷え冷えと機械仕掛けのように人
遠くでいくさ赤く大きくアンタレス
キューピーが両手で支え春の空

関ヶ原

平成二十三年～二十五年

雷一閃ある夜のアガサクリスティ

炒飯に赤いケチャップ防災の日

黄落やさらりと別れ風の道

雪野原翼持たねば人歩き

日溜りに雀わらわら女正月

曼珠沙華闇吹き上げて日は真上

芒原鰭も翼も持たず入る

黄落の街ＯＬと呼ばれしころ

ゆらゆらとペコちゃん笑う文化の日

邂逅や野ぶどうの色極まりて
極彩色の金管打楽器歳の市
林檎真っ赤永遠におとことおんな

鰻田のとろりと光る遅日かな

朧夜のハップル宇宙望遠鏡

花の窓正面に太閤の城

優しさの連鎖街路樹花水木
水の春はなびら色の赤ん坊
はこべらのたやすく抜けて淋しかり

ばらの花夢を見ている夢の中

炎天の奥にイコンの暗き部屋

降り立ちて大阪弁の溽暑かな

ビー玉に哀しみの澱夏終わる

秋彼岸束ねて軽きものばかり

月白や花下げて待つ聖橋

勝手口で猫呼んでいる十三夜

坑道へ続く廃線草紅葉

日溜りの木椅子勤労感謝の日

榠樝の実最後の一つ落ちて冬

聖堂の高き薔薇窓寒暮光

キャラメルの箱にエンジェル雪が降り

メタセコイア正しく天を指し寒し

団欒の真ん中に燃えシクラメン

大寒の吐いては吸って自動ドア

冬深む扉の向こうまた扉

剝落の朱《す》振《ぶり》の仁王春霙

余寒かな本を束ねて捨てるとき

啓蟄のよく効きそうな漢方薬

啓蟄やていねいに手と顔洗う

シャネル五番パリ行最終便が発つ

折鶴の千羽恐ろし春の闇

韮の花なにごともなく黄昏れて

絵本から出て子供の日の満月

日本語で鳴きヴァチカンの鳩すずめ

木下闇からまっている魑魅《すだま》の尾

ひめじょおん復員兵の長い貨車

ソーダー水きらきらと美しい嘘

リラの雨旧市街への橋渡る

河童忌のたぷたぷ昏き神田川

ゆきずりの対岸の町踊りの灯

東京残暑いくたびも塔仰ぎ

大西日間口のせまき印刷所

バス停に長い人影椋鳥渡る

秋の暮聖書売り来てすぐ帰る

風知草かつて陸軍演習地

あいまいな秋へ真っ赤なケーブルカー

銀座晩秋みな長き脚を持ち

短日や帰りも同じ橋渡る

交番に猫集まっている小春

みまかりてシリウスあまりにも遠し

バッファローもっそりと冬のかたまり

関ヶ原雪寄りそって家二軒

水温むころころ笑う母と居て

地に触れるまでは真白き春の雪

片栗の花の群生活断層

陽炎の奥原子炉の大きい影

朗らかで小肥り春の女神たち

水底を蹴って春眠より覚むる

ちちははの墓がふるさと桜の実

天の川濃く銭湯の帰り道

右「いせみち」左は「実のぢ」茅花風

梅雨じめり草津本陣大福帳

忍耐の獅子のたてがみ炎天下

夏終るダミアの「暗い日曜日」
台風一過ぽつんと月が残りけり
まんじゅしゃげ彼岸を過ぎて三日ほど

陽に翳す生みたて卵秋澄めり

防災の日卵を買って帰りけり

無欲恬淡ぶらりと太る青ふくべ

晩節のもやもや烏瓜の花
夏終る海が真顔になってきて
弟とドラ猫とバケツの金魚

蒸鰈

平成二十六年〜二十九年

秋高し地球からんころんと回る

新走りヒッグス粒子の話など

悦ちゃんに戻る林檎を齧りいて

いっせいに椋鳥が翔ちわれ残る

霧流れベーカー街のごと渋谷

冬の霧確かに父の中折れ帽

榠樝の実こつんと落ちて高倉健

東京に戻り藪蕎麦冬の雨

眼帯の中に雪降り父の声

冬に逝く本の頁を繰るように

犬に顔舐められ勤労感謝の日

幾度も潜り小春の雷門

ペコちゃんは少女のままにクリスマス

学食のカレーの匂い風花す

シャガールの蒼いにわとり初明り

かちかち山金時山も冬枯れて
こんこんでもしんしんでもなく雪明り
女人高野千年杉が雪落す

啓蟄や路面電車しなやかに曲る

春の雪胎内仏のように母

ふと生臭く暗がりの沈丁花

野良猫の髭堂々と風光る

トランペットの音は金色みなみ風

まんぼうの眠れる入江おぼろ月

母の日の少しやつれた夜半の月

花屋の灯歩道にこぼれ巴里祭

夏来るサラダにエーゲ海の塩

銀の雨八十八夜の木挽町

最後まで真顔を通し梅雨の月

青梅雨やしなやかに列島の背骨

苦瓜のぶらりと後期高齢者

戦のにおい炎昼のだんご虫

日の盛りよろよろと来る路線バス

大西日売れ残りたる檻の犬

秋の虹方舟からこぼれし者へ

そっと呼ばれてふりむけば秋明菊

雁の空美しき夜始まりぬ

冬満月人も魚も睡りけり

恋人と詩人のための枯葉のベンチ

冬至の日明朝体の男来る

寒の雨通勤電車なまぐさく

よく磨かれて昭和の日の鏡

沈丁花少年闇に蹲る

陽炎として明日香路の石舞台

地軸緩びて東京に四月の雪

触れれば凹み八十八夜の満月

解け易き少女のリボン巴里祭

子規に律《りつ》露伴には文《あや》白紫陽花

昭和の日フラスコが煮えたっている

黴の棚もっとも奥にボードレール

梅雨の家小さく灯り父と母

憲法九条ねこじゃらし揺れ止まず

まいまいの殻透き通る地震の後

住み古りて雨の重さの花八つ手

夏休み今もジャポニカ学習帳

秋晴れをこんなに待ったことはなく

きらきら眠る十月の水底で

地底から冬の足音仁王門

日短かビュッフェの街の風の中

阿も吽も厳寒の相仁王門

大鴉ただ一声の淑気かな

毛糸編む恋のアリアを聴きながら

博物館鱗翅目室冴返る

さえずりの中に鴉の悪声も
寒ゆるむ地球は空のひとしずく
養花天ヨセフのような老大工

まだ眠たくてくすくすと桜山

いくさは遠く花冷えの乾門

建国記念日ぽこぽこともぐら穴

桜草の種採っている地震のあと

鯉のぼり百を掲げて海賊船

六月の夜の深さをちあきなおみ

静物として深沈と梅雨の底

新しい塗箸揃え星祭

白木槿咲いてはこぼれダムの水位

八月十五日空箱を踏み潰す

大花火果てて生臭く闇動く

落蟬に触れて指先火傷せり

晩節の短い会話月の虫

お彼岸に今年も咲いてひがんばな

冬の雨煮くずれている鍋の芋

ニュートリノの質量のこと冬林檎

泳いでも漕いでも月の芒原

秋土用みな美しき影を持ち

いつからか半音ずれて秋の風

黄落の街窓際の一人席

水槽に張りつく鮑地震のあと

冬星座わたしも海も眠れない
日短か絵の中の巴里灯りいて
城陥ちてドラマが終る十二月

爪を切る聖樹の街の灯に遠く

あかあかと回転木馬年の夜

日脚伸ぶ窓辺の花と椅子の位置

蒸鰈若狭の旅は濡れやすく

ぱらぱらと凍星が降る帰り道

助手席がわたしの居場所春の風

春一人ことりことりと万華鏡

陽炎を詰め寅さんの旅鞄

うたかたの日を重ねきて桜かな

あとがき

「第一句集は早い方が良いよ」と先輩の方がよくお声をかけて下さいました。子育てを終え気楽に始めた俳句、句集を編むなんて思いもよらぬことでしたのに、この度ふと「響焰」創刊六十周年記念事業の句集刊行推進に参加する気になったことに自分でも驚いています。

最近、身辺の方々が亡くなったり体調を崩して次々と去っていかれるのが本当に淋しく、自分も又、後期高齢者となって来し方を振り返った時、自分の為に句集を出そうと思い立ったのですが、二十年近くのノート整理が大変でした。

山崎聰先生には千三百句余りから四百八十句を選んで戴きました。お忙しい中を選句や章分け、句集名などすっかりお世話になりました上に、身に余る温かい序文を賜わりました。厚く御礼申し上げます。

二十年近く前、俳句講座で山崎先生に出合い、熱心なご指導を受けなかったら、とっくに止めていたでしょう。

戦後どさくさの大阪下町育ちですから、食物も着る物も構わず、至ってお金の掛からぬ人間ですが旅行は大好きで、毎年「響焰」の「白秋会」や「新樹会」であちこち連れていって戴きました。夫の退職後は格安団体旅行ですが毎年のように二人でヨーロッパへ参りましたので、この句集にも前書きは付けませんでしたが海外吟詠句が随分入っています。以前は何となく作れた俳句も老化と共に今や四苦八苦。若い方達の句が眩しく、今後益々苦しむことでしょう。

いつも励まして下さいました先生をはじめ、先輩の方々、句友の皆様、本当にありがとうございました。「響焰」の方というだけで身内のように感じます。

紅書房の菊池洋子様には細やかなお心配りを戴き、良い本にして下さいました。感謝申し上げます。

最後に、いつも句会や「響焰」のお手伝いでばたばたしている私を寛大に見守ってくれた夫にありがとう。今年は共に金婚を迎えました。これからもよろしくね。

近年、地球も人の世も騒がしい中で、俳句という文芸に関わっていられる暮しを心から感謝して。

平成二十九年九月

川嶋悦子

著者略歴

川嶋　悦子（かわしま・えつこ）

昭和十六年　大阪府生れ
平成十一年　「響焰」入会
平成十四年　「響焰」同人
平成二十一年　響焰賞受賞
現代俳句協会会員
現住所　〒二六三－〇〇五四
千葉市稲毛区宮野木町一七五二－四八
電話　〇四三－二一六－一六二五

句集　カフカの城　奥附
響焰叢書第八十二号
著者　川嶋悦子＊発行日　平成二十九年十一月二十二日　初版
発行者　菊池洋子＊印刷所　明和印刷＊製本所　新里製本
発行所　〒一七〇-〇〇一三　東京都豊島区東池袋五-五二-四-三〇三
紅(べに)書房　info@beni-shobo.com　http://beni-shobo.com
電話　〇三(三九八三)三八四八
FAX　〇三(三九八三)五〇〇四
振替　〇〇一二〇-三-三五九八五

ISBN978-4-89381-322-0　C0092
Printed in Japan, 2017